TI BELO AK TI PYE ZORANJ

Marie Monique Jean-Gilles
Desen : Ulrick Peintre

Bèl Istwa Larèn Solèy

For information, please contact
Educa Vision Inc.,
7550 NW 47th Avenue,
Coconut Creek, FL 33073

Telephone: 954 968-7433
E-mail: educa@aol.com.
Web: www.educavision.com

ISBN: 1-58432-291-8

La Renn Solèy

KRIK - KRAK

KRIK - KRAK

Vwala te gen yon ti gason yo te rele Ti Belo.

Li pa t gen ni papa ni manman;

li te rete lakay marenn li, yon fi ki te mechan anpil;

ki t ap fè Ti Belo travay anpil anpil

plis pase yon bèt chay, alòske menm manje

li pa t konn ba li pase sa.

Pou ti-krik, ti-krak,

marenn Ti Belo te konn bat li.

Podyab Ti Belo! Pèsonn pa t janm mande padon pou li.

Li te dekouraje,

li pase anpil jou, mwa ak menm lane

ap soufri.

Yon jou,

marenn Tibelo soti,

li te kite yon pànye

plen zoranj nan ti galta kay la.

Pandan Ti belo ap fouye chache nan tout kwen kay la,

li jwenn pànye zoranj lan.

Lamenm, li pran youn, li manje l.

Wololoy! ala ti zoranj dous Ti Belo di ;

men youn sèl pa p sifi pou kalme grangou a.

Ti Belo pran youn dezyèm,

li pran yon twazyèm. « Sa-a, se dènye

m ap pran » li di tèt li.

Epi li reranje zoranj yo nan pànye a pou

marenn li pa sispèk anyen.

Malerezman pou Ti Belo,

marenn li gen nen fen.

Depi l antre nan kay la,

li pran sant zoranj epi li ale tou dwat nan grenye a,

li konte zoranj yo:

Youn, de, twa, ; Woy, manke twa zoranj !

Li rele ti Belo epi li di :

Ti gason, m te konnen ou plen defo

men m pa t ko konnen si dwèt ou te long.

Se pi gwo defo pou yon moun genyen : volè.

Fò mwen wete sa nan san ou pandan ou tou piti a

anvan l twò ta.

Anvan solèy la kouche,

se pou m jwenn twa zoranj ki manke yo

osnon m ap fè men dwat ou disparèt.

Ti Belo konnen trè byen marenn li pa janm pale met la.

Depi li menase w, ou mèt rete tann, li ap fè sa li di l ap fè a.

Marenn nan bò kote pa li, konnen trè byen

Ti Belo p ap janm jwenn zoranj li mande l yo.

Podyab ti gason an,

li tèlman panike, pawòl marenn ni yo te tèlman fè l pè,

li tonbe mache. Li mache,

li grangou, li swaf, angwas anvayi kè l, lapèrèz ranmase l
.

Li tèlman fatige, li chita sou yon wòch,

tèt li nan de pla men li epi li ap kriye.

Gen yon msye ki t ap pase ki di l :

Pitit mwen, pou ki w ap kriye konsa ?

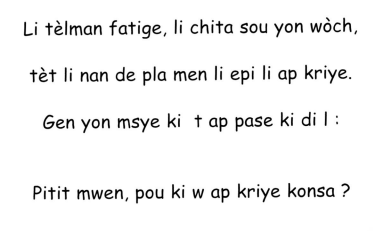

Ti Belo rakonte l malè ki rive l la

epi msye a di l :

Men, m ap ba w twa ti grenn sa yo,

plante yo epi chante. De-tan twa-mouvman y ap grandi

epi y ap vin yon gwo pye bwa.

Pye bwa sa a pral tonbe donnen epi li ap bay fwi,

bèl zoranj, ki tèlman bèl, menm marenn

ap kontan wè yo.

Ti Belo fè tout sa msye a te di l

epi li tonbe chante :

Ti pye zoranj, grandi, grandi grandi ti pye zoranj
(2fwa)

Bèlmè pa manman w, ti pye zoranj.

Grandi, grandi ti pye zoranj.

Bòpè pa papa w, ti pye zoranj

Sa w tande a , pye zoranj lan pouse flè epi bay fwi ;

yon pakèt bèl zoranj tou mi, zoranj plen ji,

moun pa t janm konn wè anvan sou latè beni.

Ti Belo te kontan anpil, li keyi twa zoranj.

Avan solèy la te kouche,

Ti Belo te gen tan retounen ka marenn li.

Kontan pase l nan pwen. Li lonje twa zoranj yo ba marenn nan.

Manman mechan an rache twa zoranj yo nan men Ti Belo

epi li koumanse manje yo.

« Ooo ki kote ou jwenn bon zoranj sa yo ti gason?

Fè vit mennenm anba pye zoranj majik sa-a.

Sinon, m ap fè men goch ou disparèt. »

Ti Belo pa menm eseye replike pase l konnen kisa marenn li ka fè.

Nenpòt ti Krik li ta fè, te ka fè l manje yon vole baton. Marenn

nan di l : Mennen m tousuit. Si ou pa mennen m kounye a,

m ap fwenk disparèt toude men ou yo.

Yo pran menm wout la epi apre yon ti tan,

yo rive kote pye zoranj lan te pouse a.

Ti Belo sezi wè pye bwa-a pa la ankò.

Kolè monte marenn nan epi li mande Ti Belo :

«Eske se ou menm ki fè pye zoranj lan disparèt ti mechan ? »

Li pran fwèt li epi li koumanse menase l epi marenn di :

« Fè m wè pye zoranj lan tousuit tigason,

osnon mwen ap disparèt tèt ou la a ! »

Laperèz pran Ti Belo, li tonbe tranble

epi li tanmen chante ti chante ki te fè

pye zoranj lan pouse a :

«Ti pye zoranj, grandi, grandi, grandi ti pye zoranj (2 fwa)

Bèlmè pa manman w, ti pye zoranj.

Grandi, grandi ti pye zoranj.

Bòpè pa papa w, ti pye zoranj

Tankou se te yon maji,

pye bwa a reparèt.

Marenn nan kouri monte pye bwa a, paske, li pa t

janm manje yon zoranj dous epi ki plen ji konsa.

Li kòmanse devore zoranj yo.

Li di Ti Belo :

« kontinye chante chante a Ti Belo.

Hmm, zoranj sa a yo dous papa,

yo bon, yo di w manje yo ! »

Ti Belo chante, li louvri tout kòtòf lestomak li

pou l chante kòm sadwa san rete.

Pye bwa a kontinye grandi.

Lè pye zoranj lan touche syèl la,

marenn nan tonbe rele :

Anmwe ! Anmwe ! Pote m sekou.

Pye zoranj lan monte pi wo toujou

epi mennen madanm nan jis nan syèl la

kote li pa janm ka redesann sou latè ankò.

Lè Ti Belo tande marenn li ap kriye konsa,

lapèrèz anvayi l, li di "pye, kisa m te manje m pa t ba ou?

li pran kouri jous li rive nan yon ti kanton

tou pre kote li te rete a.

Lè l bouke, li kanpe pou pran souf,

li lage kò l anba youn pye bwa… epi dòmi pran l.

Nan demen maten, se vwa yon pakèt ti moun kè kontan

ki t ap jwe bò kote l ki reveye l.

Ti Belo sezi men li te kontan.

Gen yon ti gason ki pwoche bò kote l epi di l :

«Oumenm, se pa moun bò isit ou ye ; men vini kanmenm,

vin jwe ak nou. Nou manke yon patnè pou n jwe.

Apresa, si ou janti ak nou, n a mennen w lakay. »

Ti Belo antre nan jwèt la, kòmsi li te nan gwoup la deja.

Nan apremidi, anvan lanjelis sonnen ,

ti gason an mennen ti Belo lakay li avèk li.

Fanmi ti gason an, se moun ki gen bon kè,

yo bay ti Belo manje epi envite l viv ak yo.

Depi lè a, yo konsidere Ti Belo tankou pitit yo

epi Ti Belo santi li gen yon lòt fanmi.

Ti Belo te kontan anpil.

Li jwenn yon kay ak yon fanmi ki renmen l tankou moun.

Kounye a, li ka ale lekòl tankou tout lòt timoun.

Ti Belo kontan anpil,

li plante zoranj tout alantou kay la.

Depi lè sa a, pye zoranj

pote kè kontan nan lavi li.

M-tap pase la a,

m wè tout bagay, m tande tout bagay,

m te vle manje yon zoranj,

men yo ban m yon ti kout pye,

fè m tonbe jous pa bò isit pou m rakonte nou

bèl ti istwa sa-a.

Fen